お母さん
ぼく
生まれて
よかったよ。
生んでくれて
ありがとう……

文・金澤紀六
絵・中俣稔

ふみ／金澤　紀六（神奈川県52歳）
「母」への手紙（平成6年）入賞作品
え／中俣　稔（東京都56歳）
「こんにちは」第9回（平成15年）応募作品

どんなに
キレイな音を
奏でても
このいのちの
鼓動には
かなわない。

ふみ・浅見佳苗
え・小松人美

ふみ／浅見　佳苗（千葉県14歳）
手紙「いのち」（平成14年）入賞作品
え／小松　人美（愛媛県23歳）
「母」第13回（平成19年）応募作品

ふみ／小室　良子（茨城県16歳）
手紙「いのち」（平成14年）入賞作品
え／長友　晶子（千葉県40歳）
「あくしゅ」第7回（平成13年）入賞作品

命の大切さは
動物達が
一番良く
知っています。
見習おうとは
思いませんか？

ふみ・小室良子
え・長友晶子

ああうれしい。
何んてうれしいんでしょう。

あなたが
生きていてくれるんですもの。

ふみ・蓮　ルミ
え・中島裕文

ふみ／蓮　ルミ（茨城県16歳）
手紙「いのち」（平成14年）入賞作品
え／中島　裕文（岡山県26歳）
「おやすみ」第13回（平成19年）応募作品

ばあちゃん…
ボクが
大きくなったら
ボクの
およめさんになってね。
ね。

ふみ・野間晴明
え・西條多紀子

ふみ／**野間　晴明**（愛媛県 5歳）
手紙「夢」（平成21年）入賞作品
え／**西條多紀子**（兵庫県 60歳）
「絆—父と子」第14回（平成20年）応募作品

都会の女を演じるのに
疲れました。
全部脱ぎすてて
帰りたいです。

ふみ・荻原まり
え・﨑長史

ふみ／荻原　まり（愛知県 36歳）
手紙「ふるさとへの想い」（平成11年）入賞作品
え／﨑長　史（千葉県 60歳）
「姉妹」第10回（平成16年）入賞作品

ふみ／関口　修平（東京都 16歳）
手紙「ふるさとへの想い」
（平成11年）入賞作品
え／原田　寛子（徳島県 15歳）
「BESIDE YOU」
第7回（平成13年）入賞作品

僕のふるさとは
音楽です
音楽は
僕の心を
やわらげたり
楽しくしたり
します

ふみ・関口修平
え・原田寛子

「危いから
そっちにおりて!」

と言って
腰曲げて渡ってこないでね。

文・今井よし子
絵・川崎克己

ふみ／今井よし子（京都府44歳）
「家族」への手紙（平成7年）入賞作品
え／川崎　克己（三重県59歳）
「急げ！急げ！」第9回（平成15年）応募作品

日本一短い手紙

大切ないのち

本書は、平成十三年度の第九回『一筆啓上賞 ―日本一短い手紙「いのち」』（財団法人丸岡町文化振興事業団主催、郵政事業庁（現 日本郵便）・住友グループ広報委員会後援）の入賞作品を中心にまとめたものである。

同賞には、平成十三年六月一日～九月三十日の期間内に一二万三九八八通の応募があった。平成十四年一月二十八・二十九日に最終選考が行われ、一筆啓上賞一〇篇、秀作一〇篇、特別賞二〇篇、佳作一六〇篇が選ばれた。

本書に掲載した年齢・都道府県名は応募時のものである。

同賞の選考委員は、黒岩重吾（故）、小室等、俵万智、時実新子（故）、森浩一の諸氏でした。

※なお、この書を再版するにあたり、冒頭の8作品「日本一短い手紙とかまぼこ板の絵」を加えるとともに、再編集し、増補版としました。コラボ作品は一部テーマとは異なる作品を使用しています。

目次

入賞作品

いのち

一筆啓上賞・秀作・特別賞

仕返《しかえ》ししてどうするの
たくさん人《ひと》が死《し》んで
もっとたくさん悲《かな》しむだけじゃん

アメリカでおきたテロの事件のことです。

一筆啓上賞
［郵政事業庁長官賞］
四方田 栄子
埼玉県 13歳 中学校2年

どんなにキレイな音《おと》を奏《かな》でても、
このいのちの鼓動《こどう》にはかなわない。

一筆啓上賞
［郵政事業庁長官賞］
浅見 佳苗
千葉県 14歳 中学校2年

うさぎは淋《さび》しいと死《し》んでしまうらしいよ。
私《わたし》たちと同《おな》じだね。

一筆啓上賞
［郵政事業庁長官賞］
河原崎 ひろみ
東京都 14歳 中学校3年

ひとつ。ひとつ。ひとつ。
ひとつ。ひとつ。ひとつ。
ひとつ。ひとつ。ひとつ。
命《いのち》。

一筆啓上賞
［郵政事業庁長官賞］
小林 俊輔
神奈川県 18歳 高校3年

いのちがおわるときも、
夏休《なつやす》みがおわるときのように、
短《みじか》かったと思《おも》うのかなぁ。

「時がたつのが早い」と思ったとき「もう14歳じゃん」と思ったとき
「もう2学期じゃん」って思ったとき　この文章が浮かびました。

一筆啓上賞
［郵政事業庁長官賞］
緑川 なつみ
神奈川県　14歳　中学校2年

「お前《まえ》のために」って言葉《ことば》が
僕《ぼく》の命《いのち》に責任《おもり》をのせる。
教《おし》えて、この命《いのち》誰《だれ》のなの？

一筆啓上賞
［郵政事業庁長官賞］
寺田 弘晃
福井県 17歳 高校2年

葬式《そうしき》の時《とき》は空気《くうき》が微妙《びみょう》にぬるい
人間《にんげん》と悲《かな》しさが空気《くうき》に溶《と》けている

一筆啓上賞
［郵政事業庁長官賞］
水野 綾香
愛知県 14歳 中学生2年

「一人暮《ひとりぐ》らしの大の字《だいじ》で、
横《よこ》を見《み》るとアリがいる。
こいつも俺《おれ》も、生《い》きているんだなあ。」

一筆啓上賞
［郵政事業庁長官賞］
木下 和夫
大阪府 54歳 会社員

幾《いく》つもの命《いのち》と繋《つなが》ってるやん命《いのち》って。
繋《つなが》がった命《いのち》やから、失《うしな》うと悲《かな》しいねんな。

一筆啓上賞
［郵政事業庁長官賞］
上古代 瞳
奈良県 14歳

「いのち」の終《おわ》りに三日《みっか》下《くだ》さい。
母《はは》とひなかざり。
貴男《あなた》と観覧車《かんらんしゃ》に。
子供達《こどもたち》に茶碗蒸《ちゃわんむ》しを。

一筆啓上賞
［郵政事業庁長官賞］
下元 政代
高知県 51歳 書塾

生《う》まれたのもすごい
みんなと出会《であ》ったのもすごい
普通《ふつう》だけど、すごい

秀作［北陸郵政局長賞］
村川 麻美
青森県 18歳 高校3年

たとえ科学《かがく》がいのちを複製《ふくせい》しようとも、
あなたの人生《じんせい》は複製《ふくせい》できないのです。

秀作〔北陸郵政局長賞〕
大塩 大作
栃木県 39歳 中学校教員

「クローンって何んだろう。」がやがて「いのちって何んだろう。」
「私ってなんだろう。」と思ったのがきっかけです。「かけがえのないいのち」より
「かけがえのない人生」と言ったほうが子どもたちの心に届くかな、と思って…。

横《よこ》たわった子猫《こねこ》。
学校《がっこう》に遅《おく》れてでも、
埋《う》めてあげれば良《よ》かった。
ごめんね。

秀作［北陸郵政局長賞］
廣瀬 佳代子
埼玉県 17歳 高校2年

俺《おれ》が死《し》んだらわかると言《い》った父《ちち》へ、
なんで死《し》ぬんだよ！
何《なん》にもわからねーよ！

秀作［北陸郵政局長賞］
よしだ くじら
神奈川県 40歳 役者

つらい時《とき》は命《いのち》のこと考《かんが》えるのに、
楽《たの》しい時《とき》には考《かんが》えないのなぜだろう？

秀作［北陸郵政局長賞］
東 友香
滋賀県 15歳 中学校3年

今《いま》の世《よ》の中《なか》は、
ノートに命《いのち》という字《じ》をかいて、
消《け》してるみたいだ。

秀作［北陸郵政局長賞］
足立 俊也
兵庫県 14歳 中学校3年

風呂《ふろ》から上《あが》って、
大《だい》の字《じ》になって寝《ね》てみる。
僕《ぼく》は、いのちの鼓動《こどう》を感《かん》じ、
孤独《こどく》になる。

秀作［北陸郵政局長賞］
新屋 裕太
広島県 14歳 中学校2年

金曜日《きんようび》がすき。
トマトは嫌《きら》い。
明日《あした》は晴《は》れ。
あぁーなんか生《い》きてる。

秀作［北陸郵政局長賞］
東 瑶子
広島県 15歳 中学校3年

犬《いぬ》は吠《ほ》えるし、子《こ》どもは泣《な》くし。
でも、この騒《さわ》がしいのが
いのちの証《あかし》って奴《やつ》かな。

秀作［北陸郵政局長賞］
芝山明義
徳島県 41歳 公務員

お母《かあ》さんが死《し》んだ日《ひ》。
妹《いもうと》が生《う》まれた日《ひ》。
両方《りょうほう》とも、命《いのち》の日《ひ》だ。

秀作［北陸郵政局長賞］
諸石 佳奈
香川県 15歳 中学校3年

死《し》ねば楽《らく》になるの？
死《し》んだ事《こと》ないのにどうしてわかるの？
死《し》なないで…生《い》きて。

特別賞
池田 茉有
北海道 14歳 中学校3年

七月《しちがつ》十八日《じゅうはちにち》、
世界中《せかいじゅう》のほとんどの人《ひと》にとっては平凡《へいぼん》な日《ひ》、
それが僕《ぼく》の生《う》まれた日《ひ》。

特別賞
荒川 琢磨
福島県 16歳 高校1年

テロによる、
多《おお》くのいのちとひきかえにうまれたものは、
憎《にく》しみだけだ。

特別賞
鹿志村 崇宏
茨城県 16歳 高校2年

ああうれしい、何《なん》てうれしいんでしょう。
あなたが生《い》きていて、くれるんですもの。

特別賞
蓮 ルミ
茨城県 16歳 高校1年

世界一愛おしい人へささげる手紙です。

ん、もう　死《し》にてぇ　死《し》にてぇって言《い》うなッ。
介護《かいご》している私《わたし》には生《い》き甲斐《がい》なんだから。

特別賞
藤田　和子
埼玉県　67歳　主婦

身障一級の夫へ　あんたにほれられていっしょになった妻より

初恋《はつこい》の想《おも》いを九十才《きゅうじゅっさい》の恩師《おんし》に打《う》ち明《あ》けて、
七十二才《ななじゅうにさい》のいのち華《はな》やぎました

特別賞
河野ひさ江
千葉県 72歳 無職

家《いえ》の前《まえ》の二百才《にひゃくさい》の大《おお》きな木《き》を見《み》た。
根元《ねもと》近《ちか》くから若《わか》い枝《えだ》がのびていた。
命《いのち》を感《かん》じた。

特別賞
小高 遊
東京都 14歳 中学校2年

かめは万年《まんねん》だけど、
私が飼《か》ってたかめ吉《きち》はたった八《はち》ヶ月《げつ》の命《いのち》。
かめ吉《きち》、すまん!!

特別賞
伴野 奈々恵
神奈川県 13歳 中学校2年

ぽっくり死《し》にたいって
言《い》ってたおじいちゃん、
そうなってよかったのかな。

特別賞
中村 康伸
神奈川県 19歳 大学2年

私《わたし》の命《いのち》、世界一安全《せかいいちあんぜん》な所《ところ》に隠《かく》しておきたい。
私《わたし》っておっちょこちょいだから…。

特別賞
本間 友美子
神奈川県 12歳 中学校1年

小《ちい》さな蜘蛛《くも》もつぶせない。
草《くさ》を引《ひ》く時《とき》、胸《むね》がチックン。
大病《たいびょう》のちょっと素敵《すてき》な後遺症《こういしょう》。

今春、命にかかわる病気になりました。病気になった事はくやしいけれど、今まで何とも思っていなかった事に気づかされ、頭ではなく心から命の重さを知りました。病気になって得る事もたくさんあるものなのですね。

特別賞
宇野 佳代
京都府 39歳 主婦

「殺《ころ》してやる」「死《し》んでやる」

本気《ほんき》じゃありません。

そんな年頃《としごろ》なんです。

特別賞
冨山 紀子
京都府 16歳 高校2年

神《かみ》さん？　仏《ほとけ》さん？　おかん？
誰《だれ》か知《し》らんが礼《れい》を言《い》う。
いのち　おおきに！

特別賞
岡本 早代
奈良県 14歳

ＴＶとゲームがないと
死《し》んじゃうと言《い》う息子《むすこ》。
そんな軽《かる》い命《いのち》に産《う》んだ覚《おぼ》えはない！

特別賞
木村 明子
和歌山県 39歳 薬剤師

この地球《ちきゅう》に生《い》きてたら皆《みな》持《も》ってる。
おそろいで、色違《いろちが》いのを。

特別賞
槌田 真子
岡山県 18歳 高校3年

「一寸《いっすん》の虫《むし》にも五分《ごぶ》の魂《たましい》」と言《い》う父《ちち》。
部屋《へや》の片隅《かたすみ》には蚊取線香《かとりせんこう》。

特別賞
高田 康穂
広島県 13歳 中学校2年

ボタリ、と落《お》ちて、
そのまゝ朽《く》ち果《は》てる
椿《つばき》の生《い》き方《かた》のすさまじさ。

特別賞
小田 硯史
福岡県 58歳 公務員

小《ち》っちゃなうんこが、
どんどんでっかいうんこになった。
青虫《あおむし》ってすごいや。

特別賞
田上 透
熊本県 10歳 養護学校4年

ぼくがわらうといのちもにっこり。
ぼくといのちが、いい気《き》もち。

特別賞
芹ケ野 俊介
鹿児島県 8歳 小学校2年

体《からだ》の重《おも》さはみんな違《ちが》うけど、
命《いのち》の重《おも》さはみんな一緒《いっしょ》だと思《おも》う。

特別賞
玉城 裕美子
沖縄県 14歳 中学生3年

佳作

いのち

太《ふと》く短《みじか》いより、細《ほそ》くても長《なが》い方《ほう》がいい。
お前《まえ》が生《い》きる様《さま》を見《み》ていたい。

望月 靖
北海道 34歳 教員

妹《いもうと》へ。
死《し》んじゃえなんて嘘《うそ》です。
ケンカ相手《あいて》はとっても必要《ひつよう》です。

岩崎 茜
北海道 16歳 高等部2年

〝ゴキブリに生《う》まれ変《か》わったら?〟の質問《しつもん》に
「長生《ながい》き」と答《こた》えた息子《むすこ》。君《きみ》は偉《えら》い。

加藤和未
北海道 34歳 主婦

家族《かぞく》が泣《な》いている。みんなが泣《な》いている。
終《お》わらなきゃよかった。私《わたし》の人生《じんせい》。

木村 笑実
北海道 12歳 中学校1年

命《いのち》は使用上《しようじょう》の注意《ちゅうい》をよく読《よ》み、
用法《ようほう》・寿命《じゅみょう》を守《まも》って正《ただ》しくお使《つか》い下《くだ》さい。

西 杏美
北海道 13歳 中学校2年

臆病《おくびょう》でよかったよ。
死《し》ねなくて、
今《いま》ここにいる事《こと》ができて。

清香
北海道 21歳 大学生

地球《ちきゅう》よ、アナタが憤怒《ふんど》しているとも知《し》らず、
私達《わたしたち》は、一体《いったい》どこまで行《い》くのだろう。

上原 修平
北海道 18歳 高校3年

お父《とう》さん、

「あとはお前《まえ》にすべて任《まか》せる。」

って最期《さいご》の言葉《ことば》。

今《いま》でも母《かあ》さん守《まも》ってるよ！

鈴木 のぞみ
北海道 16歳 高校1年

怒《おこ》って、泣《な》いて、叫《さけ》んで、
走《はし》って、遊《あそ》んで、そして笑《わら》って…。
そんなための命《いのち》です。

飯山 貴弘
北海道 14歳 中学校3年

私《わたし》は生《い》きている意味《いみ》が分《わ》からない。
不幸《ふこう》なことだけがあるから。

南由紀
青森県 17歳 高校2年

「このお墓《はか》に
お父《とう》さん達《たち》も入《はい》るんだよ。」って、
わかってるけど悲《かな》しくなるよ。

小林 優
青森県 17歳 高校3年

「命《いのち》ってなんだ？」

「バカねー。私《わたし》が死《し》んだら悲《かな》しいでしょ！

それでいいの！」

古川 翼人
青森県 17歳 高校3年

「庭掃除《にわそうじ》、アリンコ避《さ》けて掃《は》く子《こ》かな」
そんな娘《むすめ》に躾《しつ》けてくれた義母《はは》に、
ありがとう。

平野 聖子
青森県 50歳 団体職員

いのちという贈《おく》り物《もの》。
もらったはいいが維持費《いじひ》が結構《けっこう》、
かかるんだよなぁ。

村上朋大
岩手県 28歳 会社員

知《し》ってた？
あなたが手《て》を握《にぎ》り返《かえ》した時《とき》から、
私《わたし》の中《なか》に命《いのち》が生《う》まれたってこと。

佐藤 洋子
岩手県 50歳 会社員

快晴《かいせい》の日《ひ》、大雨《おおあめ》の日《ひ》、寝過《ねす》ごした日《ひ》、
いつの日《ひ》も、朝《あさ》、「命《め》」がさめます。

細川 遼太
岩手県 14歳 中学校

猫《ねこ》のナルちゃんがお母《かあ》さんになった。
毎日《まいにち》毎日《まいにち》、私《わたし》の目《め》を見《み》ている…
すてないよ！

大友 京子
宮城県 44歳

「僕《ぼく》が大《おお》きくなるの　ちゃんと見《み》ててね。
死《し》なないでね」
お母《かあ》さん　涙出《なみだで》そうだったよ。

高橋 江利子
宮城県 32歳

ゆっくりと深《ふか》く息《いき》を吸《す》い、吐《は》く。
もう少《すこ》し生《い》きてみようと
自分《じぶん》に言《い》い聞《き》かせる時《とき》。

福島 敬子
宮城県 48歳 パートタイマー

生《い》きて下《くだ》さい。
逃《に》げてもいいから生《い》きて下《くだ》さい。
自分《じぶん》を嫌《きら》いにならないで。

小野 恵吏香
宮城県 16歳 高校2年

簡単《かんたん》なたし算《ざん》です
いのちは　生《い》きつづけることによってのみ
増《ふ》えるんです

岩瀬　光江
宮城県　40歳

喜《よろこ》びの種《たね》、苦《くる》しみの種《たね》、幸《しあわ》せの種《たね》、
不幸《ふこう》の種《たね》、友情《ゆうじょう》の種《たね》、喧嘩《けんか》の種《たね》、
色々《いろいろ》な種《たね》を持《も》っている。

永澤 慶大
秋田県 12歳 中学校1年

死《し》んでもいいということは、
生《い》きていてもいいということやな。
そうやろ？

阿部 智幸
山形県 42歳 教員

二十四時間年中無休《にじゅうよじかんねんじゅうむきゅう》。
〝いのち〟は毎日《まいにち》　いつでも　どこでも
『営業中《えいぎょうちゅう》』

樽見　恵梨奈
山形県　13歳　中学校2年

私《わたし》の命《いのち》の按摩《あんま》は、草花育《くさばなそだ》て、程《ほど》よい冗談《じょうだん》、
宇宙《うちゅう》の思索《しさく》、女性《じょせい》の遠見《とおみ》、麦酒《ビール》一本《いっぽん》です。

町田憲一
山形県 59歳 公務員

一筆啓上的道路交通法《いっぴつけいじょうてきどうろこうつうほう》

『天国《てんごく》へノ道《みち》デハ親《おや》ヲ追《お》イ越《こ》スコトヲ禁《きん》ズ』

柏屋 忍
山形県 22歳 主婦

美人薄命《びじんはくめい》が本当《ほんとう》なら
私《わたし》は既《すで》にこの世《よ》にはいないかも
なんてね

高岡 由香利
福島県 17歳 高校3年

明日《あした》があるさとだらけてる君《きみ》たち。
明日《あした》がなかった友達《ともだち》を忘《わす》れてはいないかい？

小坂ひろみ
福島県　36歳　教員

産《う》んでみて　命《いのち》の不思議《ふしぎ》を初《はじ》めて知《し》った
育《そだ》ててみて　命《いのち》のすごさが初《はじ》めてわかった

吉田　庸子
福島県　41歳　会社員

命《いのち》が重《おも》すぎて耐《た》えられなく
看護婦《かんごふ》の仕事《しごと》をにげだしたい私《わたし》です。

小澤 恵美子
福島県 40歳 看護婦

校長先生《こうちょうせんせい》がいってたよ。
自分《じぶん》でまもらなくちゃいけない
だいじなものだって。

渡部 美幸
福島県 8歳 小学校2年

この音《おと》には命《いのち》がある。
フジコ・ヘミングのピアノ演奏《えんそう》を聴《き》いた時《とき》
そう思《おも》った。

飯田 有紀
福島県 16歳 高校2年

命《いのち》を食《た》べ、命《いのち》を吸《す》い、
命《いのち》を殺《ころ》し、命《いのち》を踏《ふ》みつけ、
それなのに、命《いのち》を考《かんが》える私《わたし》。

正木 里奈
福島県 17歳 高校2年

生《い》きることは闘《たたか》うことだ。
でも、重《おも》いよろいで身《み》を守《まも》るより、
素《す》でいる方《ほう》が心地《ここち》いい。

小川 春奈
茨城県 17歳 高校2年

命《いのち》の大切《たいせつ》さは、
動物達《どうぶつたち》が一番《いちばん》良《よ》く知《し》っています。
見習《みなら》おうとは思《おも》いませんか?

小室 良子
茨城県 16歳 高校1年

いのち想《おも》う時《とき》、人《ひと》は詩人《しじん》になる、
いのち消《き》えゆく時《とき》、人《ひと》は旅人《たびびと》になる

横山 和樹
茨城県 17歳 高校3年

どう考《かんが》えようと自由《じゆう》だけど、
生《う》んでもらったからには大事《だいじ》にしなよ。

鬼沢 栄美
茨城県 29歳

「生《う》まれてよかった」
「生《い》きていてよかった」
いのちはその言葉《ことば》が大好《だいす》きです

吉田 ケイ子
茨城県 43歳 パズル作家

地球《ちきゅう》って、パズルみたい。
いろんな命《いのち》を組《く》み合《あ》わせ、
一《ひと》つの世界《せかい》ができあがる。

小野 怜香
群馬県 15歳 中学校3年

父《ちち》よ！
仕事《しごと》から帰《かえ》ってきて
「もうだめだ」なんていうなよ
人生《じんせい》これからなんだからさ。

林　徹
群馬県　14歳　中学校2年

百《ひゃく》まではと思《おも》っていたのを百十《ひゃくじゅう》に延長《えんちょう》した。
2035年《ねん》の皆既日食《かいきにっしょく》が見《み》たいから。

栗原 英也
群馬県 76歳 無職

「いのちも疲《つか》れるから
田《た》んぼのあぜ道《みち》
頭真《あたまま》っ白《しろ》にして歩《ある》く、
私《わたし》の生命《いのち》の洗濯《せんたく》の仕方《しかた》。」

小林 清子
埼玉県 45歳 無職

死《し》にたいと思《おも》います。
でも、今《いま》までの私《わたし》と、
これからの私《わたし》が許《ゆる》してくれません。

吉崎 観美
埼玉県 14歳 中学校3年

もう一度《いちど》だけ逢《あ》えるなら
あの歌《うた》の続《つづ》きを私《わたし》に教《おし》えて下《くだ》さい、
おばあちゃん。

松山 佳奈
埼玉県 14歳 中学校2年

自分《じぶん》に生《い》きる価値《かち》があるかなんて
分《わ》からない。
けど、生《い》きる権利《けんり》はあると思《おも》う。

蛭間 健悟
埼玉県 27歳 役場

いのちとは、
人《ひと》を愛《あい》すること。
人《ひと》に愛《あい》されること。
だって、これが人《ひと》の原点《スタート》だから。

堀越 有沙
埼玉県 12歳 中学校1年

—金《かね》もない　仕事《しごと》もない　若《わか》くもない
なにもないって　あるじゃん　いのちが—

野口　芽句美
埼玉県　30歳　会社員

ゲームでは戻《もど》る命《いのち》も本当《ほんとう》は戻《もど》らない。
それに気《き》が付《つ》いたとき、
涙《なみだ》があふれ出《で》たんだ。

獅子野 裕介
埼玉県 15歳 中学校3年

虐待《ぎゃくたい》、殺人《さつじん》、自殺《じさつ》。
すぐに去《さ》る好奇《こうき》の目《め》。
命《いのち》は低級《ていきゅう》なエンターテイメントじゃない。

梅沢 綾子
埼玉県 16歳 高校2年

産声《うぶごえ》の日本語訳《にほんごやく》、
「おっはー。ただいま産《う》まれました。
生《い》きて生《い》きて生《い》きまくるぞー。」

加藤 隆
埼玉県 17歳 高校2年

分《わ》かってる？
リセットボタンないんだよ、
もっと大切《たいせつ》に
かけがえのない命《いのち》だから

内門 沙季
埼玉県 13歳 中学校

捨《す》てるはずの子猫《こねこ》四匹《よんひき》。
柔《やわ》らかな耳《みみ》の小《ちい》さな血管《けっかん》に君《きみ》の命《いのち》をみた。
今《いま》じゃ皆《みな》デブ猫《ねこ》。

野口 里美
埼玉県 41歳

妻《つま》が死《し》んだ。
飼《か》い犬《いぬ》のテツが食欲《しょくよく》がない。
隣《とな》りのおばさんが
「わかるんだねえ」という。

小山 年男
千葉県 71歳

ちょっとお待《ま》ちください。
特効薬《とっこうやく》を送《おく》ります。
「時《とき》の流《なが》れ」という。
テスト済《ずみ》です。

岩藤 公雄
千葉県 59歳 会社員

あらまあ　私《わたし》の命《いのち》。
更年期《こうねんき》が過《す》ぎたら鼓動《こどう》を始《はじ》めたみたい。
目的《もくてき》に向《む》かって。

福岡きみ
千葉県　57歳　主婦

花《はな》を見《み》た時《とき》、
小猫《こねこ》の頭《あたま》をなでた時《とき》の暖《あたた》かい気持《きも》ち。
同《おな》じ命《いのち》が共鳴《きょうめい》しているんだよ。

小橋 真知子
千葉県 17歳 高校3年

今日《きょう》はいのちの洗濯日《せんたくび》。
風《かぜ》に吹《ふ》かれて、お日様《ひさま》あびて、
ふっくらしたら戻《もど》ります。

石井 広和
千葉県 17歳 高校3年

逝《ゆ》く時《とき》は　どうぞ私《わたし》を心《こころ》に抱《だ》いて
それだけが　私《わたし》の願《ねが》いです

志村 彩織
東京都 40歳 無職

今日《きょう》、あなたと目《め》が合《あ》った
胸《むね》のドキドキが止《と》まらない
私《わたし》…生《い》きてるんだ。

越川 真江
東京都 20歳 大学3年

ごめんなさい。
軽々《かるがる》しく大切《たいせつ》だと言《い》っていたよ。
何《なに》も知《し》らないのにね。

山下 杏子
東京都 19歳 大学2年

命《いのち》って、未来《みらい》だよ。
命《いのち》が無《な》くては明日《あす》は無《な》いから。
今《いま》を大切《たいせつ》に。未来《みらい》のために。

田中 愛美
東京都 12歳 中学校1年

産着《うぶぎ》に包《つつ》まれたあなたは、
羽《はね》の様《よう》に軽《かる》いのに、
私《わたし》の腕《うで》は、地球《ちきゅう》を抱《いだ》くようです。

諏訪のり子
東京都 55歳 会社員

大切《たいせつ》なものだって知《し》ってる。
なのに何故《なぜ》、
あって当然《とうぜん》と思《おも》っちゃうんだろう。

宮本 章太郎
東京都 17歳 足立学園3年

がっこうにきてよかったな、
うまれてよかったなとおもいました。

弘兼 知幸
東京都 15歳 中学校3年

なぜ『人《ひと》』を殺《ころ》してはいけないかって？
その『人《ひと》』には、君《きみ》も含《ふく》まれてるからさ。

石井 正人
東京都 46歳 自由業

また明日《あした》って　いい言葉《ことば》だよね
命《いのち》ある限《かぎ》り
明日《あした》は誰《だれ》にでもやってくるんだから

北野めぐみ
東京都　39歳　主婦

満州《まんしゅう》の野《の》っ原《ぱら》で摘《つ》んでたべたあかざが
命《いのち》の源《みなもと》を支《ささ》えてくれたと思《おも》うとります

山中 ひさし
東京都 66歳 無職

生《う》まれたばかりのあなたを抱《だ》いた時《とき》、
あっこれがいのちなのだと思《おも》いました。

山内 美津子
神奈川県 63歳 主婦

あなたのお父様《とうさま》は、
あなたがなぜ死《し》んだのか、
知《し》りたがっています。

伊藤 清香
神奈川県 25歳 事務

命《いのち》という花火《はなび》、長《なが》いけど、
消《き》えるまで持《ま》っててよ、
自分《じぶん》で消《け》しちゃだめだよ。

岩本 愛基
神奈川県 14歳 中学校3年

息《いき》している　感《かん》じている
考《かんが》えている　悩《なや》んでいる
あぁドキドキしている　生《い》きている

太田 芝保
神奈川県　21歳　大学3年

そんなに速《はや》く歩《ある》けないよ。
だって、地球《ちきゅう》より重《おも》たいもの
背負《せお》っているんだから。

瀬戸 杏
神奈川県 14歳 中学校3年

お父《とう》さん、お母《かあ》さん、
命《いのち》をどうもありがとう。
命《いのち》、最初《さいしょ》はうれしい、最後《さいご》は悲《かな》しい。

高橋 彩
神奈川県 13歳 中学校2年

この前《まえ》、僕《ぼく》は、家《いえ》の近《ちか》くの交差点《こうさてん》で、
いのちを、落《お》としそうになりました。

田野 弘樹
神奈川県 15歳 中学校3年

自分《じぶん》の意志《いし》で生《い》きるということは
この不安《ふあん》とともに生《い》きるってことなんだね。

長 映里
神奈川県 21歳 大学4年

元気《げんき》で手《て》を振《ふ》るばあちゃんは、
今年《ことし》でなんと八十歳《はちじゅっさい》。
命《いのち》って長持《ながも》ちするんだなあ。

山本 敏之
神奈川県 22歳 大学3年

メールを見《み》て生《い》きていると思《おも》うのは、
少《すこ》しみじめで悲《かな》しいよね。

渡邉 まどか
神奈川県 12歳 中学校1年

泣《な》いたよ、あまりにも小《ち》さい身体《からだ》の君《きみ》に。
泣《な》いたよ、みるみる成長《せいちょう》してゆく君《きみ》に。

竹内 しずこ
神奈川県 36歳 主婦

弟《おとうと》と眠《ねむ》るとあったかい。
一才《いっさい》の弟《おとうと》の命《いのち》はあんかみたいだと思《おも》った。

西山 友子
新潟県 16歳 高校2年

まだ燃《も》えたいから　お願《ねが》いだから
この命《いのち》　消《け》さないで　まだ燃《も》えたい

松本ななえ
富山県　14歳　中学校2年

かすかな寝息《ねいき》や鼓動《こどう》にほっとする。
なんて単純《たんじゅん》で大切《たいせつ》なんだろう。

目代 厚子
石川県 30歳 事務職

僕《ぼく》は痛《いた》いと感《かん》じる時《とき》生《い》きてると思《おも》います。
そして、僕《ぼく》は痛《いた》みを感《かん》じ続《つづ》けます。

山田 真也
石川県 13歳 中学校2年

命《いのち》を運《はこ》ぶと書《か》いて「運命《うんめい》。」
いつの日《ひ》か私《わたし》と共《とも》に
新《あた》しい命《いのち》を運《はこ》ぶ人《ひと》はどこ？

河崎 優美子
福井県 17歳 高校2年

なくなるものがなぜ、生《う》まれるの。
とても不思議《ふしぎ》だ。それがいのち。

中村 瞬
福井県 18歳 高校3年

いとこができた。
隣《となり》の病室《びょうしつ》のお婆《ばあ》ちゃんが死《し》んだ。
不思議《ふしぎ》な命《いのち》の繰《く》り返《かえ》し。

小部 美和子
福井県 16歳 高校2年

車《くるま》いすに乗《の》ってがんばっています。
楽《たの》しいこともたくさんあるんだよ。

小林 篤司
福井県 14歳 養護学校2年

ぶたさんごめんね。
ぶたさんの、おにくを食《た》べて、
ほんとうにごめんね。

吉村 ゆい
福井県 7歳 小学校2年

コップに水《みず》をもらいました。
こぼさない様《よう》に歩《あゆ》んでいきたい。

松村 理々子
福井県 13歳 中学校1年

しまばあちゃんは95さい。
いろんないのちをたくさん見《み》てきたんだ。
いいな。

松浦 大地
福井県 7歳 小学校2年

考《かんが》えるのはアタマ。
思《おも》うのはココロ。
動《うご》くのはカラダ。
じゃ、イノチは？

吉田 一恵
福井県 16歳 高校1年

この前《まえ》、蚊蜻蛉《かとんぼ》に風呂用洗剤《ふろようせんざい》を吹《ふ》きかけた。
一発《いっぱつ》で死《し》んだ。面白《おもしろ》くてむなしかった。

奥谷 幸一郎
福井県 14歳 中学校3年

セミがおちて、アリがむらがった。
セミからアリに、いのちがひきつがれた。

杉本侑史
福井県　8歳　小学校3年

うけ継《つ》がれてきた　いのちの先端《せんたん》、
あなたも私《わたし》もトップランナー

西尾　美恵子
福井県　31歳　主婦

空中防除《くうちゅうぼうじょ》をやめました。
虫《むし》の喜《よろこ》ぶ声《こえ》がする。
蛍《ほたる》も舞《ま》っています。

石田一郎
長野県　68歳　農業

簡単《かんたん》に消《き》える命《いのち》。
でも生《い》きた証《あかし》は消《き》えないよ。
生《い》きるってそういう事《こと》だよね。

石丸 由望
長野県 17歳 高校

誕生《たんじょう》…歩行《ほこう》…卒園《そつえん》…
入社《にゅうしゃ》…恋愛《れんあい》…結婚《けっこん》…

家出《いえで》…恋心《こいごころ》…失恋《しつれん》…
窓際《まどぎわ》…肺癌《はいがん》…他界《たかい》…終《おわり》

高橋　大樹
長野県　17歳　高校3年

あのとき
飛《と》び降《お》りようと思《おも》ったビルの屋上《おくじょう》に
今日《きょう》は夕陽《ゆうひ》を見《み》に上《あ》がる。

萩尾 珠美
長野県 40歳 事務職員

こわいんです。生《い》きてることが、
でも、死《し》ぬことも、こわいんです。

宗宮 彰子
岐阜県 15歳 高校1年

おかあさん、ただいまけんけつ中《ちゅう》。
ぼく蚊《か》の人生《じんせい》に役立《やくだ》ってる?

西川 侃志
岐阜県 9歳 小学校3年

ひき出《だ》しに、
ねむれるままの黄色《きいろ》いカード。
勇気《ゆうき》を出《だ》してサインする。

柴田 恵美子
岐阜県 39歳 学校教員

あなたなんていらないって思《おも》った。
あなたを手離《てばな》したくないって思《おも》った。

吉田 由香
岐阜県 40歳 POPクリエイター

段《だん》ボール箱《ばこ》の中《なか》で生《い》きたい生《い》きたいと
そう泣《な》いていたから私《わたし》は抱《だ》き上《あ》げた。

長瀬 藍子
岐阜県 16歳 高校生

一月一日《いちがつついたち》、お父《とう》さんが泣《な》いた。
その側《そば》で、
おじいちゃんが静《しず》かに眠《ねむ》っていた。

山本　雄大
愛知県　12歳　中学校1年

頂《いただ》きものですが
つまらないものではないので
あげられません　悪《あ》しからず

藤井 弥生
愛知県　20歳　短期大学部2年

「生《い》きるための仕事《しごと》だぜ。
それで悩《なや》んで死《し》ぬなんて
つまらないからやめときなよ。」

原岳夫
愛知県　35歳　専門学校職員

生《う》んでやった、
育《そだ》ててやったって言《い》わないで、
命《いのち》は「返品《へんぴん》」出来《でき》ないんだよ

鈴木 雅枝
愛知県 29歳 販売業

おばあちゃん、お母《かあ》さん、私《わたし》。
この低《ひく》い鼻《はな》が命《いのち》のリレーのバトンパス。

篠原 菜月
愛知県 14歳 中学校3年

「誕生日変更《たんじょうびへんこう》のお知《し》らせ
昨日《きのう》、涙《なみだ》で溺死《できし》しました。
今日《きょう》が、私《わたし》の新《あたら》しい誕生日《たんじょうび》です。」

奥村 美紀
愛知県 30歳 主婦

今《いま》までに、私《わたし》をフッてくれた人《ひと》たち、
ありがとう。
おかげでこの息子《むすこ》に会《あ》えました。

木次 洋子
愛知県 33歳 主婦

いのちとは　とても　もろいもの
たった一歩《いっぽ》で　死《し》ねる
たった一言《ひとこと》で　生《い》きる

安藤 允一
滋賀県 18歳 高校生

「絶対《ぜったい》に死《し》ぬな」
先生《せんせい》から君《きみ》たちへの夏休《なつやす》みの宿題《しゅくだい》は、
これだけだよ。

川分 康嗣
滋賀県 41歳 中学校教員

あんたの命《いのち》が消《き》えかけていた時《とき》、
私《わたし》は気《き》付《づ》かずに笑《わら》ってたりした。

小石原かおり
京都府　17歳　高校3年

ひらかなで　いのち　と書《か》いた
とてもやさしい風《かぜ》に出会《であ》った

松田 俊彦
京都府　64歳　会社役員

食《く》っても食《く》っても食《く》っても食《く》っても
生《い》きているから腹《はら》が減《へ》る。

藤原 あかり
京都府 15歳 高校1年

自分《じぶん》らしくゆっくりとかもういらんねん。
命《いのち》かける程《ほど》のものをみつけてん、オレ。

岡崎 隆生
京都府 23歳 大学4年

「花火見物《はなびけんぶつ》の穴場《あなば》や、ここは」と、
病室《びょうしつ》を自慢《じまん》した、あなた。
天空《てんくう》からは、よく見《み》えますか。

堂本 美舟
大阪府 58歳 会社員

寝《ね》たきりの長生《ながい》き婆《バ》ア《バ》と
言《い》うたらあきまへん。
孫《まご》のあんたも同《おな》じＤＮＡでっせ。

竜岡 杏子
大阪府 58歳 主婦

イネの命《いのち》はわたしがあずかっています。
ちゃんとかんさつするからね。

飯田 有香
大阪府 8歳 小学校3年

私《わたし》は、母《はは》が私《わたし》を産《う》んだことを
後悔《こうかい》しないように生《い》きることを誓《ちか》います。

木南 冴子
大阪府 13歳 中学校2年

「ヌチドゥタカラ」。

沖縄《おきなわ》のことわざ。

「命《いのち》は宝《たから》」。

いい言葉《ことば》です。

大好《だいす》きです。

杉岡 麻耶
大阪府 15歳 中学校3年

今《いま》も消《け》せない、留守電《るすでん》メッセージ。
「またあとで」って
最後《さいご》の用件《ようけん》は、何《なん》だったの？

池田 智恵美
兵庫県 41歳 主婦

水《みず》に浸《ひた》した豆《まめ》から、
うす緑《みどり》の芽《め》が出《で》て、
光《ひかり》に向《むか》って伸《の》びる蔓《つる》。
命《いのち》は光《ひかり》が好《す》きなんだね。

大西 俊和
兵庫県 57歳 医師

額《ひたい》のあざは、この世《よ》に生《う》まれた証《あかし》。
母《はは》と共《とも》に四十二《よんじゅうに》時間《じかん》がんばった、私《わたし》の勲章《くんしょう》。

澤田 菜緒子
兵庫県 16歳 高校1年

あなたに気持《きも》ちを伝《つた》えてから、
僕《ぼく》の心《こころ》のサカナは泳《およ》ぎ始《はじ》めました。

二川 徹
兵庫県 25歳 大学院2年

会《あ》ったことも
名前《なまえ》も知《し》らなかったけど、
涙《なみだ》が出《で》た池田附属殺傷事件《いけだふぞくさっしょうじけん》

住田 佳奈美
兵庫県 12歳 中学校1年

阪神大震災《はんしんだいしんさい》の時《とき》
母《はは》の命《いのち》が私《わたし》の命《いのち》を助《たす》けようとしてくれた
忘《わす》れないよあの時《とき》の事《こと》

中谷 佳代
兵庫県 14歳 中学校3年

テレビ見《み》てぐーたらする小《ちい》さな幸《しあわ》せ。
テスト返却《へんきゃく》まで束《つか》の間《ま》の命《いのち》の洗濯《せんたく》

野草 摩緒
兵庫県 15歳 高校1年

ないないないない　どこにもない、
世界中《せかいじゅう》探《さが》したって　絶対《ぜったい》ない、
この私《わたし》という　いのち。

平松 祥子
兵庫県　47歳

メダカの卵《たまご》を顕微鏡《けんびきょう》でのぞいたら、
大《おお》きな目玉《めだま》ににらまれた。

三井 優子
兵庫県 10歳 小学校5年

きたないいのちなんてない。
意味《いみ》のないいのちなんてない。
私《わたし》もきれい。皆《みんな》もきれい。

小西広恵
奈良県 15歳 中学校3年

生《うま》れたり死《し》んだりすることを
人間《にんげん》がむやみに操作《そうさ》してはいけないよ。

下谷 憲子
奈良県 54歳 ピアノ指導

人生《じんせい》がつまらないと思《おも》う人《ひと》へ。
それは何《なに》もかもが
満《み》たされているからだと思《おも》う。

岩田 一恵
島根県 18歳 高校3年

いのちって何色《なにいろ》なんだろう…。
黒《くろ》？　赤《あか》？　白《しろ》？
ま、いっか。だって人《ひと》は変《か》われるもの。

佐藤　静香
島根県　15歳　中学校3年

戦争中《せんそうちゅう》に死《し》んだ祖父《そふ》。
あなたが残《のこ》したかたみの時計《とけい》
今《いま》でも動《うご》いています。

原 拓哉
島根県 15歳 高校1年

幼虫《ようちゅう》で死《し》んだと思《おも》ってたら、
次《つぎ》の夏《なつ》には力強《ちからづよ》く羽《は》ばたいた。
信《しん》じられなかったよ。

高亀 裕介
広島県 16歳 高校2年

見知《みし》らぬ人《ひと》が戦争《せんそう》の話《はなし》をしてくれた。
なぜか考《かんが》えこんだ。忘《わす》れてた何《なに》かを…。

神原 信哉
広島県 17歳 高校3年

私《わたし》と生命《あなた》呼《よ》び名《な》は違《ちが》うけど
同《おな》じ容器《いれもの》の中《なか》にいるんだよ。
こんにちは「自分自身《じぶんじしん》。」

野村 歩
山口県 14歳 中学校3年

尽《つ》き果《は》てる直前《まへ》の命《いのち》を燃《も》やす老母《はは》
なほ子《こ》らを気遣《きづか》ひ食《く》へ寝《ね》ろと言《い》ふ

藤目 典子
香川県 51歳 主婦

捨《す》てるな　無《な》くすな　大事《だいじ》にしろ
時《とき》には、洗濯《せんたく》して長持《ながも》ちさせよ

石原正一
香川県　51歳　公務員

「父《ちち》なくて、ごめんね。」と言《い》わないで。
お母《かあ》さんの子《こ》どもに生《う》まれてきた私《わたし》は
幸《しあわ》せだよ。

村上佐織
愛媛県 12歳 小学校6年

「かあさん、弟《おとうと》が死《し》んでから
生《い》きてることが一番《いちばん》の親孝行《おやこうこう》だと
知《し》りました。」

西村 太一
高知県 28歳 会社員

命《いのち》は奪《うば》うモノじゃない。
命《いのち》はつくるモノじゃない。
無駄《むだ》な命《いのち》は何処《どこ》にもない。

中野 静香
福岡県 17歳 高校3年

祖父《そふ》が死《し》んだ時《とき》、父《ちち》の涙《なみだ》を初《はじ》めて見《み》た。
命《いのち》は本当《ほんとう》に大切《たいせつ》な物《もの》と思《おも》った。

正木 里佳
福岡県 14歳 中学校2年

ちょっと考《かんが》えて下《くだ》さい。
生《い》きたくても生《い》きられなかった
命《いのち》もあるという事《こと》を……

栗坪　登紀子
福岡県　34歳　主婦

怒《おこ》って困《こま》って泣《な》いて、
笑《わら》ってとびはねて…。
忙《いそが》しいんだね。いのち。

山内 尚子
長崎県 15歳 中学校3年

地球《ちきゅう》は命《いのち》でいっぱいですね
こんな星《ほし》に生《う》まれてよかったと
そう思《おも》いませんか

末次 健一
長崎県 10歳 小学校5年

頑張《がんば》ったらだ~め
ゆっくり ゆ~たり
生命《いのち》の 充電中《じゅうでんちゅう》 なんですから

小田 俊助
長崎県 61歳 自由業

平和《へいわ》な時《とき》は「地球《ちきゅう》より重《おも》く」なり、
戦争《せんそう》の時《とき》は「紙《かみ》（召集令状《しょうしゅうれいじょう》）より軽《かる》く」なる命《いのち》。

植川まゆみ
熊本県　52歳　主婦

自分《じぶん》の「いのち」より、
守《まも》りたい「いのち」が見《み》つかったよ。
ちょっと成長《せいちょう》したかなぁ。

後藤 幸恵
熊本県 15歳 高校1年

田植《たう》えに行《い》こうよ。
そして小《ちい》さな小《ちい》さな命《いのち》をたくさん植《う》えようよ。

坂田 美樹
熊本県 14歳 中学校3年

私《わたし》が知《し》らない生《う》まれた時《とき》の話《はなし》をしてくれる
その時《とき》の2人《ふたり》の笑顔《えがお》が大好《だいす》きです。

森 琴愛
熊本県 13歳 中学校2年

あなたが亡《な》くなって早二十年《はやにじゅうねん》、
幼《おさ》なき三人《さんにん》結婚《けっこん》しあなた似《に》の孫四人《まごよにん》、
命《いのち》は永遠《えいえん》です。

今永 恵子
大分県 54歳 主婦

もうすぐ逢《あ》えるネ!!
命《いのち》を賭《か》けて、いのちを産《う》み出《だ》す。
私《わたし》の中《なか》の信《しん》じられない、強《つよ》い力《ちから》。

渡辺 いずみ
大分県 39歳 自営

もしも願《ねが》いがかなうなら私《わたし》は、
お父《とう》さんを天国《てんごく》からつれ出《だ》したい。

郡 裕美
宮崎県 12歳 中学校1年

いのちとは鉛筆《えんぴつ》だ。
思《おも》い出《で》を書《か》き残《のこ》した数《かず》だけすり減《へ》っていく。

木之下 翔太
鹿児島県 14歳 中学校3年

僕《ぼく》は今《いま》、命《いのち》のバトンを持《も》っている。
落《お》とさないように君《きみ》に渡《わた》すからね。

長友 康弘
鹿児島県 15歳 中学校3年

命《いのち》とは、
だれかを好《す》きになったりする気持《きも》ち
つまり、
人《ひと》を思《おも》う心《こころ》が命《いのち》だと僕《ぼく》は思《おも》う。

児玉 康浩
鹿児島県 15歳 養護学校1年

地球《ちきゅう》から見《み》ると、ほんの一粒《ひとつぶ》だけど、
あたしの中《なか》では、でっかいものなんだ。

鳥渕 美穂
鹿児島県 15歳 中学校3年

どんなに障害《しょうがい》が残《のこ》っていても
あなたが生《い》きてるだけで
私達《わたしたち》家族《かぞく》は幸《しあわ》せです。

与那覇 真生
沖縄県 18歳 高校3年

人生《じんせい》にピリオド打《う》ちたいって？
コンマぐらいにしとけ。
一度《いちど》きりなんだから。

伊波 なぎさ
沖縄県 17歳 高校2年

英語部門「いのち」一筆啓上賞

A Brief Message from the Heart
LETTER CONTEST
" To Life"

Dear Life,
I was wondering...
when exactly does this butterfly
thing take place?
Signed, a 50 years old caterpillar.

Tine Mattern (OR/F.50)

親愛なるいのち
いつになったら蝶になって
飛び立つ事が出来るのかしら
と、ずっと思っていました。
署名、50歳の青虫より

ティナ・マターン（オレゴン州 50歳）

Today I saw birds.
Thousands chirping, churning ~
Chimney swirling.
We all cheered together
as the last bird disappeared
for the night
on September Twelfth, 2001.

Kirsten Pennington (OR/F.25)

今日も、えんとつに渦を巻くように
多くのつばめが、帰ってきました。
2001年9月12日も
昨年と同じように最後の一羽が
えんとつに帰ってきた時
私達は、歓声を上げました。

カーステン・ペニングトン（オレゴン州 25歳）

To Life,
Next time around, how about
you wear the blindfold
and I'll drive?

Digger Stolz (AK/M.29)

いのちへ
次は君が目かくしをして、
僕が運転するというのは
どうかね？

ディガー・ストールツ（アラスカ州 29歳）

あとがき

二〇〇一年九月十一日、多くの命が失われました。人間が、テロという最も卑劣な手段で同じ人間の〝いのち〟を奪ったのです。

一筆啓上賞九回目。これまでの各テーマに共通しているのが〝いのち〟です。人が〝いのち〟と向き合うことで、その大切さ、重さを実感したようです。

一方で、〝いのち〟があまりに軽く扱われていることへの悲しみ、憤りを抑えることもできません。

なぜ、なぜ、なぜという問いかけは、まるで迷路に入り込んでしまった叫びに近いものがあります。一二万三九八八通の〝いのち〟はこれまでになく真剣なものでした。

期せずして〝いのち〟と対峙《たいじ》することになってしまった森浩一さん、それでも懸命にご選考いただきました。

郵政事業庁(現　日本郵便)、住友グループ広報委員会の皆様にはあたたかいご支援ありがとうございました。

この増補改訂版発刊にあたり、丸岡町出身の山本時男さんがオーナーである株式会社中央経済社の皆様には、大きなご支援をいただきました。ありがとうございました。

最後になりましたが、西予市とのコラボが成功し、今回もその一部について関係者の方にご協力いただいたことに感謝します。

二〇〇九年九月吉日

編集局長　大廻　政成

日本一短い手紙　大切ないのち　一筆啓上賞

二〇〇九年一一月一〇日　初版第一刷発行
二〇一二年一一月　一日　初版第二刷発行

編集者――――喜夛正之
発行者――――山本時男
発行所――――株式会社中央経済社
〒一〇一－〇〇五一
東京都千代田区神田神保町一－三一－二
電話〇三－三二九三－三三七一（編集部）
〇三－三二九三－三三八一（営業部）
http://www.chuokeizai.co.jp/
振替口座　〇〇一〇〇－八－八四三二
印刷・製本――株式会社　大藤社
コラボ撮影――片山虎之介
編集協力――――辻新明美

ISBN978-4-502-42680-3　C0095